THE INDEPENDENT BOOKWORM

NOIR FAIRY TALE / MÄRCHEN

BB WOLF
AND THE EASTER HARE
UND DER OSTERHASE

(bilingual: E / D)

KATHARINA GERLACH
ALESIA ZHULI

BB Wolf and the Easter Hare / und der Osterhase
First Edition, 2024

Cover Design, © 2023 Katharina Kolata, Independent Bookworm
Cover picture wolf, © 2023 Alesia Zhuli
Cover background, © 2023 zrylzizou, Pixabay
All pictures, © 2023 Alesia Zhuli
electrocardiogram, © 2023 iXimus, Pixabay
Editor: K.V. Moffet, www.offworldpress.com
Independent Bookworm, Dr. Katharina Kolata, Rosengarten 6, 29394 Lüder

Hardcover ISBN 978-3-95681-241-5
Paperback ISBN 978-3-95681-242-2

More Information can be found on the publisher's website:
http://www.IndependentBookworm.de

Table of Contents

Inhaltsverzeichnis

Introduction

Reading has always been the only way to me to look into the mind of another human being. It's like having telepathy when everyone tells me that's impossible. And my most favorite stories have been fairy tales.

So it's no wonder at all I began writing retellings, adaptions, and my own fairy tales.

I've also discovered that after the pandemic, my mind is still lingering in dark places. I keep wondering how many people are out there in urgent need of help and no one listens, because listening is a skill most people never learn.

This story is for those who want to help and don't know how, and for those who need help but don't speak out. Communication is the key to healing. Yes, it can go wrong, sometimes, but if you don't talk and listen, you're already lost. Humans are meant to communicate, to share their emotions, and to help each others.

I hope you'll all recover from whatever trauma caught up with you! And if you like my story, please post a review on your favorite retailer or reviewing platform.

Sincerely,

Katharina Gerlach

Northern Germany, February 2024

PRIVATE
INVESTIGATO

THE MINUTE I SAW HER SILHOUETTE THROUGH THE MILK-GLASS-WINDOW IN MY OFFICE DOOR, I KNEW SHE SPELLED TROUBLE FOR ME. THOSE LONG, SINUOUS CURVES OF HER EARS MADE ME WANT TO CHASE HER NOT JUST FOR A NIGHT.

COME IN!

BOURBON

ARE YOU B.B. WOLVE?

THE ONE AND ONLY.

A BEAM OF LIGHT PLAYED WITH HER LOVELY WHITE FUR. I FOUND IT HARD TO SPEAK, SO I DIDN'T.
THE EASTER HARE VANISHED. IF YOU FIND HIM, I'LL PAY YOU THREE MORE.
THE SALARY OF A WHOLE YEAR! I TOLD YOU SHE'D BE TROUBLE. BUT WITH THAT KIND OF PAYMENT I WAS READY TO FACE ANYTHING.
WHEN? AND WHERE WAS HE SEEN LAST?
ARE YOU RELATED?

THE COLOR HENS WERE THE LAST TO SEE HIM. THEY SAID, HE PICKED UP THE EGGS FOR THE AMERICAS BUT DIDN'T SHOW UP FOR THE NORTHERN EUROPE LOAD.
I'VE ORGANIZED A COUPLE OF RABBITS TO TAKE OVER HIS ROUTE, BUT THEY ARE ONLY A TEMPORARY SOLUTION. WE NEED HIM. ESPECIALLY IN GERMANY PEOPLE INSIST ON AN EASTER HARE, AN OSTERHASE.
PEAKING PAST THE UMP IN MY THROAT THOUT GIVING AWAY MUCH SHE'D GOT ME BALANCE WAS HARD, O I KEPT IT SHORT.
DEAL!

THE COLOR HENS WEREN'T VERY HAPPY TO SEE ME.
HE LET HIMSELF GO. SAID NO ONE WAS INTERESTED IN AN EASTER HARE AND TO LEAVE IT TO THE BUNNIES. SLEPT A LOT.
WE SENT HIM TO THE WHITE LADY. HER COUNSELING WORKED LIKE A CHARM. HE WAS FULL OF ENERGY FOR THIS EASTER.
I KNEW IT WOULD BE NO USE TALK TO THE WHITE LADY. B THE SWEET LITTLE BUNNY HER FRONT OFFICE WAS A DIF RENT MATTER ALTOGETHE
OH, IT'S YOU. SORRY, BUT I'M NO LONGER INTERESTED IN OUT HUNTS. I GOT ENGAGED JUST BEFORE EASTER.
CALIWANDALOUS.
COULD YOU GIVE ME A HINT ABOUT WHERE I COULD FIND THE EASTER HARE?
PLEASE, SALLY!

HAVE YOU TALKED TO THE PIGS?
TALKING TO THE PIGS A GOOD IDEA. IF THEY DON'T KNOW WHERE THE HARE IS, NO ONE WILL.

MOTHER SOW CLOSED THE GATE TO THEIR PART OF THE CITY. IT WAS SURPRISING THAT THEIR LOT HADN'T BEEN CLAIMED BY THE BUILDING BOOM YET.
HE'D BE IN HIS HOUSE.
HI HON, LONG TIME NO SEE, B.B.
NOPE, I JUST CAME TO TALK TO JUNIOR.
COME FOR SOME HUFFIN' 'N PUFFIN'?
HARD TO BELIEVE IT WITHSTOOD THE CHAMPION OF HUFFIN' AND PUFFIN', MY GRANDFATHER, WHEN HE ATTACKED, BUT IT DID.
WHAT CAN I DO FOR YOU THIS TIME?
I'VE GOT SOME REALLY NICE BUNNIES FOR A SENSUAL HUNT,
AH, BIG BAD.
AND A LITTLE MOUSE IN A TEAPOT FOR BLOWING EXERCISES.
NO. JUST TELL ME WHERE THE EASTER HARE IS.

NEVER SEEN HIM.
OH, HAVEN'T YOU?
HOW ABOUT YOU TELL ME WHERE HE IS, AND I'LL NOT TELL ANYONE HE'S BEEN HERE? LOTS OF JOURNALISTS WOULD WANT AN INTERVIEW ...
HE WENT TO THE BIG OLD FORREST.
NO ONE IN THEIR RIGHT MIND WENT TO THE BIG OLD FORREST.
WHY? YOU'D BETTER TELL ME WHAT YOU SAID TO MAKE HIM GO THERE.
HE WANTED TO KNOW WHERE ORION SET UP HIS BEAR TRAPS.
...

TIME WAS OF ESSENCE.

THANKFULLY MY NOSE WAS STILL AS GOOD A IT'S ALWAYS BEEN. KEEPING IT QUITE CLO TO THE GROUND ALLOWED ME TO FOLLOW T HARE'S SCENT WITHOUT A PROBLEM.

IF IT WEREN'T FOR MY WORR I'D HAVE ENJOYED THE HUNT

DON'T! DON'T KILL YOURSELF.
IT'S EGG-SHAPED. WHY DOES IT HAVE TO BE EGG-SPHAPED?
NO CLUE.
WHAT ABOUT SALLLY?
IT WAS A LONG SHOT, BUT I WAS QUITE SURE HE WAS HER FIANCEE.

SHE'LL FIND SOMEONE ELSE.

CAN'T YOU JUST EAT ME?
WHAT'S IT TO YOU ANYWAY.
NOT MY CUPPA ANY MORE.
AN EXTREMELY BEAUTIFUL WHITE DOE ASKED ME TO FIND YOU AND I'M LOATH TO DISAPPOINT.
MY SIS RUBY. SUCH A BULLY.
SHE COULD RUN MY BUSINESS. BUT NO! 'THE EASTER HARE HAS TO BE MALE AND NOT A BUNNY.' WHAT A RIDICULOUS NOTION.
THERE ARE PEOPLE WHO LOVE YOU AND ARE THERE FOR YOU.
I DON'T SEE ANYONE.

THERE THEY ARE!
Oooooouuuuuuu

SOON, WE WERE SURROUNDED BY A FULL MEDIC TEAM. I GLANCED AT RUBY WHILE THE PARAMEDICS TRIED TO FREE MY TAIL FROM THE TRAP. SHE'D EVEN BROUGHT SALLY.
AMBULANCE
SEE, THEY'RE JUST A LITTLE LATE.
COME HOME, HONEY. THE LADY WILL HELP YOU IF YOU LET HER.
I HATE MY LIFE. AND RUBY INSISTS ON KEEPING UP TRADITIONS.
I'M SORRY. WE'LL FIND A WAY TO CHANGE HOW THINGS ARE HANDLED. I PROMISE.
WE'LL HELP YOU AND YOU'LL HELP US.
I DON'T KNOW IF I CAN.

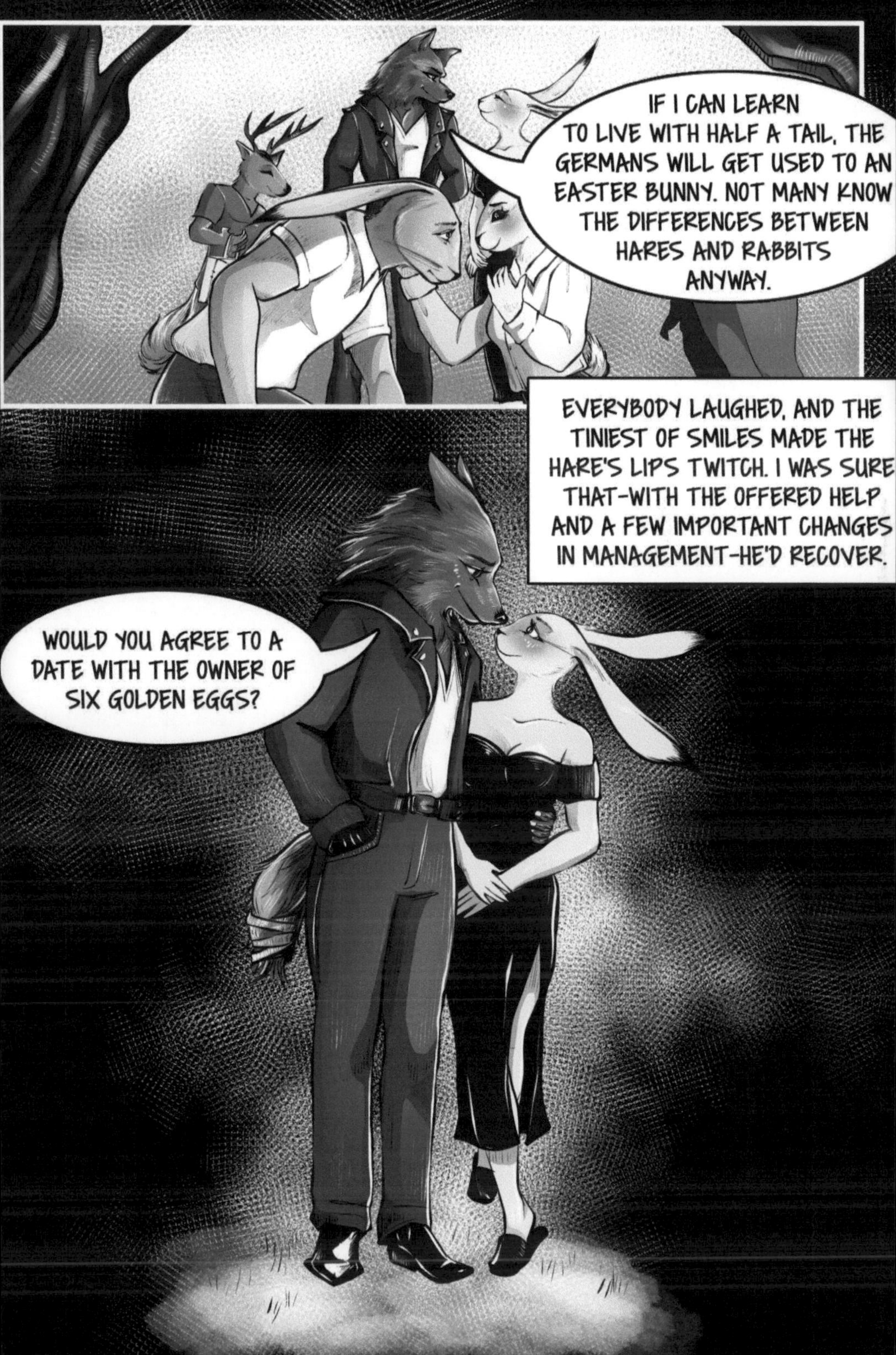

IF I CAN LEARN TO LIVE WITH HALF A TAIL, THE GERMANS WILL GET USED TO AN EASTER BUNNY. NOT MANY KNOW THE DIFFERENCES BETWEEN HARES AND RABBITS ANYWAY.
EVERYBODY LAUGHED, AND THE TINIEST OF SMILES MADE THE HARE'S LIPS TWITCH. I WAS SURE THAT—WITH THE OFFERED HELP AND A FEW IMPORTANT CHANGES IN MANAGEMENT—HE'D RECOVER.
WOULD YOU AGREE TO A DATE WITH THE OWNER OF SIX GOLDEN EGGS?

The Job

The minute I saw her silhouette through the milk-glass-window in my office door, I knew she spelled trouble. Trouble for me. Those long, sinuous curves of her ears made me want to chase her not just for a night.

I managed to shove my glass of bourbon and the bottle into the cabinet under my massive oak desk before she finished knocking.

"Come in." I held my breath as I watched her enter. Although the room was plenty big enough for a private eye like me, it suddenly felt too small and stuffy.

"Are you B.B. Wolf?"

"The one and only." I hope that didn't sound too nonchalant.

She sank into the black leather chair, a beam of light playing with her lovely white fur. I found it hard to speak, so I didn't.

"The Easter Hare vanished. If you find him, I'll pay you three more." She bent forward and placed three golden eggs on the table—the salary of a whole year in my business. I told you she'd be trouble. But with that kind of payment I was ready to face anything the world would throw at me.

Emotional Overload

"When? And where was he seen last." Of course I still had a few questions, but this last one was for sating my own my curiosity only. "Are you related." If she was, asking her out on a date would mean a conflict of interest. Why was my heart beating so loud? Could she hear that?

"The Color Hens were the last to see him. They said, he picked up the eggs for the Americas but didn't show up for the Northern Europe load." She crossed her looooong, slim legs, and I found it hard to concentrate on her voice, regardless how sexy it sounded. And her smile took my breath away.

"I've organized a couple of rabbits to take over his route, but they are only a temporary solution. We need him. Especially in Germany, people insist on an Easter Hare, an Osterhase." How could she sit so relaxed on my threadbare metal-leather chair? Didn't she notice how hard it was for me to keep from asking her out?

Speaking past the lump in my throat without giving away how much she'd gotten me off balance was hard, so I kept it short. "Deal."

First Hints

The Color Hens weren't very happy to see me. Their leader didn't even allow me near the coop. She took me to a big, airy egg storage room. After all, the Easter Hare delivered eggs all around the world, so it made sense to store some in rooms like this, with high ceilings and tiny windows so high up no fox would ever be able to get in.

But it was cold and drafty in here, and I had to rub my arms to keep warm while questioning Mother Hen. She was a suspicious one but at least she gave me a lead to follow.

"After the last Easter, he let himself go," she said. "Insisted that next to no one was interested in an Easter Hare any more and that it'd be much better to leave Easter to the bunnies; stayed in bed most of the time. We sent him to the White Lady for counseling and it worked like a charm. He was full of energy when the time came this year."

I knew it would be no use to talk to the White Lady. She never answered questions from the likes of me, claiming customer confidentiality. I'd have to have a letter from the king to make her divulge information.

But the sweet little lady bunny in her front office was a different matter altogether. She'd helped me out more than once. So I visited her.

An Old Love

"Oh, it's you." She sounded sheepish. "Sorry to say, but I'm no longer interested in our hunts. I got engaged just before Easter." If she were a cat, I swear she'd been purring.

Her sandals slapped the linoleum, the sound echoing, as she was walking back to her office from her carrot break. At least I hadn't kept her from working.

When I closed my eyes, I could visualize her face like I'd seen it so many times: the dancing nose, her lovely brown eyes, and the long, soft ears. But the memory of my new client, with even longer, black tipped ears, made concentrating hard.

Still, congratulations were in order.

"Caliwandalous." I forced myself to smile. She deserved to be happy. "Could you give me a hint or two about where I could find the Easter Hare? Please, Sally."

A long silence.

Then, "Have you talked to the pigs?" She turned and walked away without another word. Wow. That was weird. But all in all, talking to the pigs was a good idea. If *they* didn't know where the hare was, no one would.

Pigsty

"Hi hon, long time no see, B.B." Mother Sow grunted as she closed the gate to their part of the city behind me. It was surprising that their lot hadn't been claimed by the building boom yet—although, considering their reputation, maybe not. After all, they knew more of the city's elite than I ever would.

Wriggling her rear, Mother Sow led me along the trampled earth path to the Arena, an auditorium for the daring and the lewd. "Come for some huffin' 'n puffin'?"

I shuddered at the mountain of flesh in front of me. How could she have gotten even fatter than before? Still my voice didn't shake. "Nope, I just came to talk to Junior."

"He'd be in his house." She pointed to a badly built brick house at the end of the path, overlooking the Arena. Hard to believe it withstood the champion of huffin' and puffin'—my grandfather—when he attacked it, but it did.

Thankfully things had changed a lot since then. Regardless of how fat Mother Sow was, the thought of eating her was revolting.

She didn't say more, just pushed me forward, and a few heartbeats later the door closed behind me. The single room behind it smelled of pig—what else—and of food piled in a corner. A pile of straw lay in another.

Junior

"Ah, Big Bad." Junior rolled off the straw and walked toward me with outstretched arms. His muscles bulged. "What can I do for you this time? I've got some really nice bunnies for a sensual hunt, and a little mouse in a teapot for blowing exercises."

As enticing as this sounded, I shook my head. I'd told him three years ago when I'd opened my agency that I was no longer interested in this kind of activity.

Now, how to best approach my inquiry? I'd rather not to ask a question. Junior was too good at avoiding them. Despite his brawny look, he was quite intelligent. I wouldn't underestimate him. He was also extremely loyal to his customers. Or was the Easter Hare a friend? The direct approach seemed best.

"Just tell me where to find the Easter Hare." I let my gaze wander over the piles of food, straw, and miscellaneous stuff.

Hadn't he ever heard of shelves? Furniture?

"Never seen him. Isn't he still on duty?" He smiled as innocently as a piglet, and I was ready to leave again, when one item in a mountain of food drew my eye.

A Dark Twist

"Oh, haven't you?" I pointed to a golden egg half hidden in the tower of foodstuff. "How about you tell me where he is, and I'll not tell anyone he's been here? After all, he's quite a prominent figure at this time of year with lots of journalists clamoring for an interview." I left the threat hanging, satisfied that Junior paled to a dirty pink.

He still took his time answering, averting his gaze, obviously struggling with whether to speak or not. Finally he blurted out: "He went to the Big Old Forrest."

That surprised me no end. No one in their right mind went to the Big Old Forrest. With the exception of a few crazy hunters, everyone stayed away as possible.

"Why?" I held up my hand. "You'd better tell me *what* you said to make him go there."

"He wanted to know where Orion set up his bear traps."

My jaw dropped and it took me a while to recover from the shock. "That bad?"

Junior shrugged, but I no longer cared. I nearly ripped the door of its hinges and started running. Time was of essence.

The Hunt

It was already getting dark in the Big Old Forrest. Thankfully my nose was still as good as it's always been. Keeping it quite close to the ground allowed me to follow the hare's scent without a problem. I sniffed my way along a path that grew narrower with every yard. Despite the woods' semi-darkness, I felt very much at home. If it weren't for my nasty suspicion, I'd have enjoyed the hunt.

I caught up with the Easter Hare when he stopped and stared at a stretch of the path. Half hidden under twigs, I could make out a big metal oval with teeth and a central metal circle, the trigger.

"Don't." I gasped for air. "Don't kill yourself." I'd have loved to grab him and pull him away, but I was so winded and he so ready to throw himself onto the trigger, I feared I'd kill both of us accidentally.

His gaze fell on me. "It's egg shaped," he whispered. "Why does it have to be egg shaped of all things."

"No clue." I fell in the grass on all fours not too far from him and breathed hard until I had calmed enough to ask more questions. For questions were all I could think of right now to keep him from committing suicide. "What about Sally." It was a long shot, but I was quite sure *he* was her fiancee.

The Easter Hare

"She'll find someone else." He turned and looked at me with despair in his eyes. "Can't you just eat me."

"Not my cuppa any more." I sat back on my haunches, ready to jump him. I'd fought with wild boars, bears, elk, and even a wolverine. But the black cloud around him was worse than everything I'd encountered so far.

"What's it to you anyway." There was a hint of defiance in his voice, maybe a smidgen of strength.

If he still held even the tiniest spark of a will to survive, I might be able to save him yet. So I inched closer whenever he wasn't looking at me and tried to keep him distracted. "An extremely beautiful white doe asked me to find you, and I'm loath to disappoint."

"My sis Ruby. She's such a bully." He sighed and turned back to the trap. "For all I care, she can run my business. But no! 'The Easter Hare has to be male. And he can't be a bunny. What a ridiculous notion."

He was quite good at imitating the white doe's voice.

Rescue Impossible

"That's still no reason to throw away your life like this." I flexed my muscles. If I grabbed him with an upward motion from my crouched position, I could use the strength of my legs to carry him away from the dangerous trap. Thankfully I'd been training all this time. "There are people who love you."

"I don't see any of them." His gaze wandered away from me, back to Orion's trap.

I was losing him. It was now or never. But even if I managed to keep him away from the trap for the time being, I still didn't know how to turn around his life so he'd be able to battle the black cloud. For now, I said the only thing I could think of. "I am here."

He harrumphed and jumped.

At the same time, I catapulted myself upwards. I grabbed him and jerked him sideways, twisting around to get him as far away from the trap as possible.

SNAP—the trap's jaws closed and pain shot through my rear end. My tail!

I howled but didn't let go, no matter how much the hare struggled. There had to be a way to make him realize how loved he was. I just had to find it! But for now, I was lost for words.

The White Doe

"There they are." Ruby's voice rose over several others. She must have followed me the whole time and I hadn't even noticed. What a woman!

To the Easter Hare I said, "See, they're just a little late."

He slumped in my arms and started crying. Soon, we were surrounded by a full medic team. I glanced at Ruby while the paramedics tried to free my tail from the trap. She'd even brought Sally.

"Come home, honey." Sally's voice was low and only meant for the Easter Hare. "The Lady says she can help you if you let her."

"I hate my life. And Ruby insists on keeping up traditions." The hare still didn't sound any better, but at least he'd started talking. It would take him a long time to rid himself of those black clouds. But I'd heard the Lady could work wonders, and he seemed ready to finally accept her help.

New Beginnings

"I'm sorry." Ruby's voice wobbled. Most likely, she'd finally understood her brother's distress. After all, she was a quick thinker. "I didn't know it was this serious. We'll find a way to change how things are handled. I promise."

I cleared my throat. Here was my chance to nudge him in the right direction, and despite the pain I didn't plan to miss it. "The world is always full of darkness, ready to swallow you. But you're not alone. We'll help you and you'll help us."

He looked up, his eyes still brimming with tears. "I don't know if I can."

I grin sheepishly (pun intended). "If I can learn to live with half a tail, surely the Germans will get used to an Easter Bunny. It's not as if most still know the differences between hares and rabbits anyway."

Everybody laughed at that, and the tiniest of smiles made the hare's lips twitch. I was sure that—with the offered help and a few important changes in management—he'd recover.

Smiling most beguiling, I turned to his sister. "Would you agree to a date with the owner of six golden eggs?"

The End

Author

As the eldest of four, I grew up in the middle of a forest in the heart of the Luneburgian Heather. After romping through the forest with imagination as my guide, tomboy-me learned to read and disappeared into magical adventures, past times or eerie fairytale woods.

I didn't stop at reading. During my training as a landscape gardener, I wrote my first novel. I like to write Fantasy, Science Fiction and Historical Novels for all age groups. At present, I am writing at my next project in a small house near Hildesheim, Germany.

Like all humans I am more than the sum of my parts. I am:
- an eternal optimist with dark moments,
- a housewife with a touch of chaos,
- a brilliant organizer with tired hours,
- tin opener for a used dog,
- gardener of a wilderness,
- as well as an overqualified forester.

I love life, nature (incl. people) and particularly books but most important to me are my family and my manuscripts. I am the oldest child of two universally talented genii. I inherited the "universally" (as reflected in my books) but I am not sure about the "genius".

www.katharinagerlach.com

Artist

Alesia Zhuli is a talented freelance artist and designer hailing from Tirana, Albania. She graduated from Polis University and has been a prominent figure in the creative industry since 2019. Alesia's artistic journey has been marked by her exceptional skills in book illustrations, graphic novels, concept arts, and character designs. Her outstanding work earned her the top prize in the 2022 edition of the 'Albanian Graphic Novels' competition.

Beyond her visual artistry, Alesia has a passion for literature and writing. She ingeniously combines her love for storytelling with her artistic talent, resulting in the creation of her own webcomic, 'Lightbringer,' which can be enjoyed by readers on Webtoon. When she's not immersed in her art and writing, Alesia enjoys spending her free time in the company of her feline companions, drawing enchanting faerie worlds that transport us to distant realms.

Her family thrown into turmoil. Her best friend ripped away. Will freedom cost this young farming serf her dreams?

Northern Germany, 1799. Fifteen-year-old serf Angel Waldmann's hardworking existence on her family's farm varies little from day-to-day. Born into a harsh reality, her simple aspirations are complicated only by her best friend being the daughter of a lower-status tenant. But fate delivers a cruel blow when the count who owns the Waldmann family reneges on an assurance of freedom, and sells them off to a local farmer.

With her father accusing the noble of breaking his word, Angel's world falls into turmoil as her family becomes embroiled in an unpleasant court case. And worse still, her parents' disastrous decisions rip her apart from her lifelong friend, and throw the poor girl (and her alcoholic father) to the mercy of a callous new landlord.

Will her family's fight for justice tear Angel away from everything she knows and loves?

Angel's Freedom is the first book in the Waldmann Family Saga historical fiction trilogy, a great read if you like meticulously researched settings, factually-based dramas, and young hearts battling emotional upheavals.

Magic versus technology... what will win the day?

Once upon a time there was magic. But even in fairy tales, time does not stand still. From mechanical gadgets to steam-driven machines, new inventions clash with old powers.

In the kingdoms, people do their best to adapt, but that isn't easy. Will magic be their salvation? Or technology? Or will both only create more havoc? Find out how your favorite fairy tale characters survive in a world where technology suppresses magic.

Each of these books includes all adaptions with their bonus stories and original fairy tales from three volumes of the series, as well as a brand new fairy tale retelling and its original.

Retold Tales:

Rose Red and Snow White	The Wild Swans
Little Brother, Little Sister	The Cold Heart
The Beauty and the Beast	Cinderella
The Hut in the Forrest	Puss in Boots
Hänsel and Gretl	The Devil with the Three Golden Hairs
Sleeping Beauty	The Sisters with the Glass Hearts

Einleitung

Bücher waren für mich immer die einzige Möglichkeit, Gedanken anderer Menschen zu lesen. Wie Telepathie, obwohl alle sagen, dass diese unmöglich sei. Und meine Lieblingsgeschichten sind Märchen.

Es ist also kein Wunder, dass ich angefangen habe, Nacherzählungen, Adaptionen und eigene Märchen zu schreiben.

Ich habe auch festgestellt, dass meine Gedanken nach der Pandemie immer wieder in dunklen Momenten feststecken. Dann frage ich mich, wie viele Menschen da draußen dringend Hilfe brauchen und niemand hört ihnen zu, denn Zuhören ist eine Fähigkeit, die die meisten Menschen nie lernen.

Deshalb ist diese Geschichte für diejenigen, die helfen wollen und nicht wissen wie, und für diejenigen, die Hilfe brauchen, aber nicht reden. Kommunikation ist der Schlüssel zur Heilung. Ja, es kann schief gehen, manchmal, aber wenn man gar nicht spricht und auch zuhört, hat man von vornherein verloren. Menschen sind dafür gemacht, miteinander zu reden, Gefühle zu teilen und einander zu helfen.

Ich hoffe, dass ihr euch alle von welchem Trauma auch immer erholt! Und wenn euch meine Geschichte gefällt, dann schreibt doch bitte eine Rezension bei eurem Lieblingshändler oder auf einer Bewertungsplattform.

Mit freundlichen Grüßen,

Katharina Gerlach

Norddeutschland, Februar 2024

PRIVAT-
DETEKTIV
ALS ICH IHRE SILHOUETTE DURCH DIE MILCH-
GLASSCHEIBE MEINER BÜROTÜR SAH, WUSSTE
ICH, DASS SIE ÄRGER BRACHTE. DIE SINNLICHEN
KURVEN IHRER LANGEN OHREN LIEßEN MICH
DAVON TRÄUMEN, SIE ZU JAGEN ... UND DAS
NICHT NUR FÜR EINE NACHT.
HEREIN!
BOURBON
SIND SIE
B.B. WOLVE?
DER EINZIG
WAHRE !

EIN LICHTSTRAHL SPIELTE MIT IHREM WUNDERBAR WEIBEN FELL. ICH BRACHTE KEIN WORT HERAUS.
DER OSTERHASE IST VERSCHWUNDEN. FINDEN SIE IHN UND ICH ZAHLE NOCH DREI.
EIN GANZES JAHRESGEHALT! NATÜRLICH BEDEUTETE SIE ÄRGER. ABER BEI DER BEZAHLUNG, WAR ICH ZU ALLEM BEREIT.
WANN? UND WO WURDE ER ZULETZT GESEHEN?
SEID IHR VERWANDT?

DIE FARBHÜHNER HABEN IHN ZULETZT GESEHEN. SIE SAGTEN, ER HÄTTE DIE LADUNG FÜR DEN AMERIKANISCHEN KONTINENT ABGEHOLT, ABER NICHT DIE FÜR NORDEUROPA.
ICH HABE EIN PAAR KANINCHEN ORGANISIERT, DIE SEINE ROUTE ÜBERNEHMEN. ABER DAS IST NUR EINE ZEITWEILIGE LÖSUNG. WIR BRAUCHEN IHN. BESONDERS IN DEUTSCHLAND BESTEHT MAN AUF EINEM OSTERHASEN.
DEM KLOSS IN MEINEM HALS [V]REI ZU SPRECHEN, OHNE ZU [Z]EIGEN, WIE SEHR SIE MICH [AU]S DER BALANCE GEBRACHT [H]ATTE, WAR SCHWER, ALSO MACHTE ICH ES KURZ.
GEHT KLAR!

DIE FARBHÜHNER WAREN NICHT ERFREUT, MICH ZU SEHEN.
R LIESS SICH GEHEN. SAGTE, KEINER BRÄUCHTE EHR EINEN OSTERHASEN. SOLLTEN DIE KARNICKEL ÜBERNEHMEN. SCHLIEF ANDAUERND.
WIR HABEN IHN ZUR WEIBEN FRAU GESCHICKT. IHRE THERAPIE HALF WIE MAGIE. DER KNABE WAR VOLLER ENERGIE FÜR DIESES OSTERN.
ICH WUSSTE, DASS MIR DIE WEIBE FRAU NICHTS SAGEN WÜRDE. ABER DAS HÄSCHEN IHREM VORZIMMER WAR EIN GANZ ANDERE SACHE.
OH, DU BIST'S. SORRY, ABER ICH HABE KEIN INTERESSE MEHR AN UNSEREN JAGDEN. ICH BIN SEIT KURZEM VERLOBT.
CALIWANDALOUS.
KANNST DU MIR NICHT EINEN HINWEIS GEBEN, WO ICH DEN OSTERHASEN FINDEN KANN?
BITTE, SALLY!

HAVE YOU TALKED TO THE PIGS?
TALKING TO THE PIGS A GOOD IDEA. IF THEY DON'T KNOW WHERE THE HARE IS, NO ONE WILL.

MUTTER SAU SCHLOSS DAS TÖRCHEN ZU IHREM TEIL DER STADT. ÜBERRASCHENDERWEISE WURDE ES NOCH NICHT VON BAUWÜTIGEN FIRMEN BELAGERT.
ISS ZUHAUS.
HI SCHATZ, LANG NICHT JESEH'N.
KOMMSTE FÜR 'N BISCH'N HUSTEN UND PRUSTEN?
NEIN, ICH WILL NUR MIT JUNIOR REDEN.
KAUM ZU GLAUBEN, DASS ES DEM CHAMPION DES HUSTEN UND PRUSTENS, MEINEM GROBVATER, WIDERSTANDEN HATTE. WAR ABER SO.
WAS KANN ICH DIESMAL FÜR DICH TUN?
AH, BIG BAD.
ICH HAB 'N PAAR SÜBE HÄSCHEN FÜR 'NE SINNLICHE JAGD.
UND 'NE MAUS IN 'NER TEEKANNE FÜR PUSTEÜBUNGEN.
NEE, SAG MIR EINFACH, WO DER OSTERHASE IST.

HAB IHN NICH' GESEH'N.
OH, HAST DU NICHT?
WIE WÄRE ES, WENN DU MIR SAGST, WO ER IST, UND ICH VERRATE NICHT, DASS ER HIER WAR? SICHER HÄTTEN VIELE JOURNALISTEN GERNE EIN INTERVIEW ...
ER WOLLTE IN DEN GROSSEN ALTEN WALD.
FREIWILLIG GING NIEMAND IN DEN GROSSEN ALTEN WALD.
WARUM? WAS HAST DU GESAGT, DASS ER DORTHIN WOLLTE.
ER WOLLTE WISSEN, WO ORION SEINE BÄRENFALLEN AUFSTELLT.
...

DIE ZEIT DRÄNGTE.

ZUM GLÜCK WAR MEINE NASE IMMER NOCH SO GUT WIE EH UND JE. DA ICH SIE NAHE AM BODEN HIELT, KONNTE ICH DER FÄHRTE DES HASEN PROBLEMLOS FOLGEN.

WÄRE DA NICHT DIESER VERDACHT, HÄTTE ICH DIE JAGD GENOSSEN.

NEIN! BRING DICH NICHT UM.
ES IST EIFÖRMIG! WARUM MUSS ES AUSGERECHNET EIFÖRMIG SEIN?
KEINE AHNUNG
WAS IST MIT SALLLY?
ES WAR EIN SCHUSS INS BLAUE, ABER VERMUTLICH WAR ER IHR VERLOBTER.

SIE WIRD EINEN ANDEREN FINDEN.

KANNST DU MICH NICHT EINFACH AUFFRESSEN?
WAS KÜMMERT'S DICH ÜBERHAUPT?
NICHT MEHR MEIN DING.
EINE WUNDERSCHÖNE WEIBE HÄSIN HAT MICH GEBETEN, DICH ZU FINDE UND ICH ENTTÄUSCHE SIE NUR UNGERN.
MEINE SIS, TYRANNIN RUBY! SOLL SIE DOCH DEN LADEN LEITEN. ABER NEIN! ,DER OSTERHASE MUSS MÄNNLICH SEIN UND NUR KEIN KANINCHEN.' WIE LÄCHERLICH.
ES GIBT LEUTE, DIE DICH LIEBEN UND DIE FÜR DICH DA SIND.
ICH SEHE KEINE.

DA SIND SIE!
AUUUUUUUUUUUUUU

BALD WAREN WIR VON EINEM GANZEN SANITÄTS-TEAM UMRINGT. ICH WARF RUBY EINEN BLICK ZU, WÄHREND DIE SANITÄTER VERSUCHTEN, MEINEN SCHWANZ AUS DER FALLE ZU BEFREIEN. SIE HATTE SOGAR SALLY MITGEBRACHT.
AMBULANCE
GUCK, SIE SIND NUR ETWAS SPÄT DRAN.
KOMM NACH HAUSE, SCHATZ. DIE WEIBE FRAU KANN DIR HELFEN, WENN DU SIE LÄSST.
ICH HASSE MEIN LEBEN. UND RUBY BESTEHT AUF ÜBERHOLTEN TRADITIONEN.
TUT MIR LEID! WIR FINDEN EINEN WEG, DIE DINGE ANDERS ANZU-GEHEN. VER-SPROCHEN!
WIR HELFEN DIR UND DU HILFST UNS.
KEINE AHNUNG, OB ICH DAS KANN.

WENN ICH MIT EINEM HALBEN SCHWANZ LEBEN KANN, WERDEN SICH DIE DEUTSCHEN AN EIN OSTERKANINCHEN GEWÖHNEN. DIE MEISTEN KENNEN DIE UNTERSCHIEDE ZWISCHEN HASEN UND KANINCHEN EH NICHT.
ALLE LACHTEN, UND DAS ALLERKLEINSTE LÄCHELN ZUPFTE AN DEN LIPPEN DES HASEN. ICH WAR MIR SICHER, DASS ER - MIT DER ANGEBOTENEN HILFE UND EINIGEN ÄNDERUNGEN IM MANAGEMENT - HEILEN WÜRDE.
WÜRDEST DU EINEM RENDEZVOUS MIT DEM BESITZER VON SECHS GOLDENEN EIERN ZUSTIMMEN?

Der Auftrag

Als ich ihre Silhouette durch das Milchglasfenster meiner Bürotür sah, wusste ich, dass sie Ärger bedeutete. Ärger für mich. Die langen, sinnlich geschwungenen Kurven ihrer Ohren ließen mich davon träumen, sie zu jagen … und das nicht nur für eine Nacht.

Ich schob mein Glas mit Bourbon und die dazugehörige Flasche in die Schublade meines massiven Eichenholzschreibtisches, noch bevor sie mit dem Klopfen fertig war.

„Herein." Ich hielt den Atem an, als sie den Raum betrat. Obwohl locker groß genug für einen Privatdetektiv wie mich, schien er mit einem Mal zu klein und sehr stickig.

„Sind Sie B.B. Wolf?"

„Der einzig Wahre." Hoffentlich klang das nicht zu salopp.

Sie ließ sich in den schwarzen Ledersessel sinken, den ich für Klienten besorgt hatte. Ein Lichtstrahl spielte mit ihrem schönen weißen Fell. Es fiel mir schwer zu sprechen, also sagte ich nichts.

„Der Osterhase ist verschwunden. Wenn Sie ihn finden, zahle ich noch drei." Sie beugte sich vor und legte drei goldene Eier auf den Tisch – der Lohn für ein ganzes Jahr Arbeit in meinem Geschäft. Ich sagte ja, dass sie Ärger brächte, aber bei der Bezahlung würde ich mich allem stellen, was mir die Welt in den Weg warf.

Gefühlssturm

„Wann? Und wo wurde er zuletzt gesehen?" Natürlich hatte ich noch mehr paar Fragen, aber die letzte war nur zur Befriedigung meiner eigenen Neugierde. „Sind Sie verwandt?" Wenn sie es waren, konnte ich auf keinen Fall um ein Rendezvous bitten. Das wäre ein Interessenskonflikt. Warum schlug mein Herz so laut? Konnte sie das hören?

„Die Farbhühner waren die Letzten, die ihn gesehen haben. Sie sagten, er habe die Eier für Amerika abgeholt, aber nicht die für Nordeuropa." Sie schlug ihre laaaangen, schlanken Beine übereinander, und es fiel mir schwer, mich auf ihre Stimme zu konzentrieren, egal wie sexy sie klang. Und ihr Lächeln raubte mir den Atem.

„Ich habe ein paar Kaninchen organisiert, die seine Route übernehmen, aber das ist nur eine vorübergehende Lösung. Wir brauchen ihn. Vor allem in Deutschland bestehen die Leute auf einem Osterhasen!" Wie konnte sie nur so entspannt auf dem abgenutzten Stuhl mit den Metallbeinen und dem Lederbezug sitzen? Merkte sie gar nicht, wie schwer es mir fiel, sie nicht um ein Rendezvous zu bitten?

Es war schwer, an dem Kloß in meinem Hals vorbei zu sprechen, ohne zu verraten, wie sehr sie mich aus dem Gleichgewicht brachte, also machte ich es kurz. „Deal."

Erste Hinweise

Die Farbhühner waren nicht besonders erfreut, mich zu sehen. Die Anführerin ließ mich nicht einmal in die Nähe der Nester. Sie führte mich in eine große, luftige Lagerhalle für Eier. Da der Osterhase fast die ganze Welt belieferte, war es durchaus sinnvoll, einen Teil der Ware in Hallen wie dieser zu lagern. Die Decken waren hoch und die Fenster so klein und weit oben, dass kein Fuchs der Welt je eindringen könnte.

Aber es war kalt hier und es zog, so dass ich meine Arme reiben musste, während ich die alte Glucke befragte. Sie war vorsichtig und misstrauisch, aber ich erhielt trotzdem einen Hinweis, dem ich folgen konnte.

„Nach dem letzten Osterfest hat er sich gehen lassen", sagte ihre Anführerin. „Er bestand darauf, dass fast niemand mehr an einem Osterhasen interessiert sei und es viel besser wäre, Ostern den Karnickeln zu überlassen. Die meiste Zeit blieb er im Bett. Darum schickten wir ihn zur Therapie zur Weißen Frau, und das wirkte wie Magie. Dieses Jahr war er voller Energie, als die Zeit kam."

Ich wusste, dass es nichts bringen würde, mit der Weißen Frau zu sprechen. Sie beantwortete grundsätzlich keine Fragen von Leuten wie mir und berief sich auf das Vertrauensverhältnis zu ihren Kunden. Ich bräuchte ein Schreiben des Königs, um sie zur Herausgabe von Informationen zu zwingen.

Aber die süße kleine Kaninchendame in ihrem Vorzimmer war eine ganz andere Sache. Sie hatte mir schon mehr als einmal geholfen.

Also besuchte ich sie.

Eine alte Liebe

„Ach, du bist es.“ Sie klang verlegen. „Es tut mir leid, aber ich habe kein Interesse mehr an unseren Jagden. Ich habe mich kurz vor Ostern verlobt.“ Wäre sie eine Katze gewesen, ich schwöre, sie hätte geschnurrt.

Ihre Sandalen klatschten aufs Linoleum, das Echo hing in der Luft, als sie von ihrer Möhrenpause ins Büro zurückkehrte. Immerhin hielt ich sie so nicht von der Arbeit ab.

Wenn ich die Augen schloss, konnte ich mir ihr süßes Gesicht so vorstellen wie ich es so oft gesehen hatte: die tanzende Nase, die wunderschönen braunen Augen und die langen, weichen Ohren. Aber die Erinnerung an meine Auftraggeberin, und an deren noch längere Ohren mit den schwarzen Spitzen, machte es schwer, mich zu konzentrieren.

Natürlich war trotzdem ein Glückwunsch angebracht.

„Caliwandalous.“ Ich zwang mich zu einem Lächeln. Sie hatte es verdient, glücklich zu sein. „Könntest du mir ein oder zwei Hinweise geben, wo ich den Osterhasen finden könnte? Bitte, Sally.“

Ein langes Schweigen.

Dann: „Hast du schon mit den Schweinen gesprochen?“ Sie drehte sich um und ging ohne ein weiteres Wort davon. Mann! Das war seltsam. Aber im Großen und Ganzen war es eine gute Idee, mit den Schweinen zu reden. Wenn *sie* nicht wussten, wo der Hase war, wusste es niemand.

Schweinkram

„Hi Schatz, lang nicht jeseh'n." Mutter Sau grunzte, als sie das Törchen zu ihrem Teil der Stadt schloss. Überraschenderweise war dieses Grundstück noch nicht von Firmen belagert, die hier bauen wollten—andererseits, wenn man den Ruf der Familie bedachte, auch wieder nicht. Immerhin kannten sie mehr Leute der Stadtelite als mir je begegnen würden.

Mit dem Hintern wackelnd führte mich Mutter Sau über den zertrampelten Erdweg zur Arena, einem Auditorium für die Wagemutigen und Unzüchtigen. „Kommste für 'n bisch'n Husten und Prusten?"

Ich erschauderte angesichts des Fleischbergs vor mir. Wie konnte sie seit dem letzten Mal noch fetter geworden sein? „Nein, ich will nur mit Junior reden."

„Iss Zuhaus." Sie zeigte auf ein schlecht gebautes Backsteinhaus am Ende des Weges, das die Arena überblickte. Kaum zu glauben, dass es dem Champion des Hustens und Prustens – meinem Großvater – widerstanden hatte. Aber das hatte es.

Zum Glück war die Welt heute ganz anders. Ganz gleich wie fett Mutter Sau war, allein der Gedanke, sie zu fressen, machte mich krank.

Ohne weitere Worte schob sie mich vorwärts, und ein paar Herzschläge später schloss sich die Tür hinter mir. In dem einzigen Raum roch es nach Schwein – was sonst – und nach Essen, das in einer Ecke aufgestapelt war. In der anderen lag Stroh.

Junior

„Ah, Big Bad.“ Junior rollte sich aus dem Stroh und kam mit ausgestreckten Armen auf mich zu. Die Muskeln tanzten unter seinem Hemd. „Was kann ich diesmal für dich tun? Ich hab ’n paar süße Häschen für ’ne sinnliche Jagd und ’ne Maus in ’ner Teekanne für Pusteübungen.“

So attraktiv das auch klang, ich schüttelte den Kopf. Ich hatte ihm schon vor drei Jahren, als ich meine Agentur eröffnet hatte, gesagt, dass ich an dieser Art von Aktivitäten nicht mehr interessiert war.

Nur, wie sollte ich meine Befragung angehen? Am besten stellte man hier keine Fragen. Junior war zu gut darin, ihnen auszuweichen. Trotz seines bulligen Aussehens trug er einen klugen Kopf auf den Schultern. Ich würde ihn nicht unterschätzen. Außerdem war er extrem loyal seinen Kunden gegenüber. Oder war der Osterhase sein Freund? Ein direktes Vorgehen schien angebracht.

„Sag mir einfach, wo der Osterhase ist.“ Mein Blick streifte die Berge von Essen, Stroh und Krams.

Hatte er noch nie von Regalen gehört? Von Möbeln?

„Hab ihn nich’ geseh’n. Is’ er nicht noch inn Dienst?“ Er lächelte so unschuldig wie ein Ferkel. Ich wollte schon wieder gehen, als mein Blick von einem Gegenstand in einem der Berge angezogen wurde.

Eine dunkle Wendung

„Oh, hast du nicht?" Ich zeigte auf ein buntes Ei, das halb in dem Turm aus Lebensmitteln versteckt war. „Wie wäre es, wenn du mir sagst, wo er ist, und ich verrate niemandem, dass er hier war? Immerhin ist er um diese Jahreszeit eine ziemlich prominente Persönlichkeit, und viele Journalisten drängen auf ein Interview." Ich ließ die Drohung in der Luft hängen, zufrieden damit, dass Junior zu einem schmutzigen Rosa erblasste.

Trotzdem ließ er sich mit der Antwort Zeit und sah mich nicht an. Offensichtlich kämpfte er mit sich, ob er sprechen sollte oder nicht. Schließlich brach es aus ihm heraus.

„Er wollte in den Großen Alten Wald."

Das überraschte mich extrem. Niemand, der seine Sinne beieinander hatte, ging in den Großen Alten Wald. Mit Ausnahme einiger verrückter Jäger, hielten alle so viel Abstand wie möglich.

„Warum?" Ich hob meine Hand. „Nein! Was hast du gesagt, dass er dorthin wollte."

„Er wollte wissen, wo Orion seine Bärenfallen aufstellt."

Mir fiel die Kinnlade herunter und ich brauchte eine Weile, um mich von dem Schock zu erholen. „So schlimm?"

Junior zuckte mit den Schultern, aber das war mir jetzt egal. Ich riss die Tür fast aus den Angeln und rannte los. Die Zeit drängte.

Die Jagd

Es dunkelte bereits im Großen Alten Wald. Zum Glück war meine Nase immer noch so gut wie eh und je. Da ich sie nahe am Boden hielt, konnte ich der Fährte des Hasen problemlos folgen.

Ich schnüffelte mich einen Weg entlang, der mit jedem Meter schmaler wurde. Trotz des Dämmerlichts fühlte ich mich wie zuhause. Wäre da nicht dieser furchtbare Verdacht, hätte ich die Jagd genossen.

Ich näherte mich dem Osterhasen, als er stehenblieb und den Weg anstarrte. Halb unter Zweigen versteckt entdeckte ich ein großes Metalloval mit Zähnen und einem Metallkreis in der Mitte, dem Abzug.

„Nicht." Ich schnappte nach Luft. „Bring dich nicht um." Am liebsten hätte ich ihn gepackt und fortgezerrt. Aber ich war so außer Puste und er so bereit, sich in die Falle zu stürzen, dass ich befürchte, versehentlich uns beide zu töten.

Sein Blick fiel auf mich. „Es ist eiförmig", flüsterte er. „Warum muss es ausgerechnet eiförmig sein?"

„Keine Ahnung." Ich ließ mich nicht weit von ihm auf allen Vieren ins Gras fallen und atmete schwer, bis ich wieder Luft für weitere Fragen hatte. Denn Fragen waren alles, was mir im Moment einfiel, um ihn davon abzuhalten, sich umzubringen. „Was ist mit Sally?" Es war ein Schuss ins Blaue, aber ich war mir ziemlich sicher, dass *er* ihr Verlobter war.

Der Osterhase

„Sie wird einen anderen finden." Er drehte sich um und sah mich mit Verzweiflung in den Augen an. „Kannst du mich nicht einfach fressen?"

„Nicht mehr mein Ding." Ich richtete mich bis zur Hocke auf. Ich hatte schon mit Wildschweinen, Bären, Elchen und sogar mit einem Vielfraß gekämpft. Aber die schwarze Wolke, in der er steckte, war schlimmer als alles, was mir bisher begegnet war.

„Was kümmert's dich überhaupt?" Da lag ein Hauch von Widerstand in seiner Stimme, vielleicht ein Anflug von Stärke.

Wenn er sich auch nur einen winzigen Rest von Überlebenswillen bewahrt hatte, konnte ich ihn vielleicht noch retten. Also rutschte ich immer dann näher zu ihm, wenn er mich nicht anschaute und versuchte, ihn abzulenken. „Eine wunderschöne weiße Häsin hat mich gebeten, dich zu finden, und ich enttäusche sie nur ungern."

„Meine Sis, Tyrannin Ruby." Er seufzte und drehte sich wieder zur Falle um. „Soll sie doch den Laden leiten. Aber nein! ‚Der Osterhase muss männlich sein und nur kein Kaninchen.‘ Wie lächerlich."

Er war ziemlich gut darin, die Stimme der weißen Häsin zu imitieren.

Rettung unmöglich

„Das ist trotzdem kein Grund, sein Leben so wegzuwerfen." Ich spannte meine Muskeln an. Wenn ich es schaffte, ihn aus der Hocke in einer Aufwärtsbewegung zu packen, konnte ich die Stärke meiner Beine nutzen, um ihn von der gefährlichen Falle wegzureißen. Zum Glück hatte ich all die Jahre trainiert. „Es gibt Leute, die dich lieben."

„Ich sehe keine." Sein Blick wanderte von mir weg zurück zu Orions Falle.

Ich verlor ihn. Jetzt oder nie! Aber selbst wenn es mir gelang, ihn vorerst von der Falle fernzuhalten, wusste ich immer noch nicht, wie ich sein Leben so in eine neue Bahn lenken konnte, dass er gegen die schwarze Wolke kämpfen würde. Also sagte ich das Einzige, was mir einfiel. „Ich bin da."

Er schnaufte abfällig und sprang.

Gleichzeitig katapultierte ich mich aufwärts. Ich packte ihn, riss ihn zur Seite und drehte ihn so weit wie möglich von der Falle weg.

SCHNAPP – die Bügel der Falle schlossen sich und Schmerz schoss durch mein Hinterteil.

Mein Schwanz!

Ich heulte, ließ aber nicht los, egal wie sehr sich der Hase wehrte. Es musste einen Weg geben, ihm klar zu machen, wie sehr er geliebt wurde. Ich musste ihn nur finden! Aber erst einmal fehlten mir die Worte.

Die weiße Häsin

„Da sind sie." Rubys Stimme übertönte mehrere andere. Sie musste mir die ganze Zeit gefolgt sein, ohne dass ich es bemerkt hatte. Was für eine Frau!

Zum Osterhasen sagte ich: „Guck, sie sind nur etwas spät dran."

Er erschlaffte in meinen Armen und begann zu weinen. Bald waren wir von einem ganzen Team von Sanitätern umringt. Ich warf Ruby einen Blick zu, während die Ersthelfer versuchten, meinen Schwanz aus der Falle zu befreien. Sie hatte sogar Sally mitgebracht.

„Komm nach Hause, Schatz." Sallys Stimme war tief und leise und nur für den Osterhasen bestimmt. „Die Weiße Frau sagte, sie kann dir helfen, wenn du sie lässt."

„Ich hasse mein Leben. Und Ruby besteht auf überholten Traditionen." Der Hase klang immer noch nicht besser, aber wenigstens hatte er angefangen zu reden. Er würde eine lange Zeit brauchen, um die schwarzen Wolken loszuwerden. Aber ich hatte gehört, die Weiße Frau könne Wunder bewirken, und er schien soweit, ihre Hilfe endlich annehmen zu wollen.

Neuanfänge

„Es tut mir leid!" Rubys Stimme zitterte. Vermutlich hatte sie die Probleme ihres Bruders endlich verstanden. Schließlich war sie schnell im Denken. „Ich wusste nicht, dass es dir so ernst ist. Wir werden einen Weg finden, die Dinge anders anzugehen. Versprochen!"

Ich räusperte mich. Hier war meine Chance, ihn in die richtige Richtung zu schubsen, und trotz meiner Schmerzen würde ich das keinesfalls versäumen. „Die Welt ist immer voller Dunkelheit, die nur darauf wartet, dich zu verschlucken. Aber du bist nicht allein. Wir helfen dir und du hilfst uns."

Er blickte auf, die Augen noch voller Tränen. „Keine Ahnung, ob ich das kann."

Ich grinste. „Wenn ich lernen kann, mit einem halben Schwanz zu leben, werden sich die Deutschen sicher auch an ein Osterkaninchen gewöhnen. Es ist ja nicht so, dass die meisten die Unterschiede zwischen Hasen und Kaninchen noch kennen."

Darüber lachten alle, und das allerkleinste Lächeln zupfte an den Lippen des Hasen. Ich war mir sicher, dass er – mit der angebotenen Hilfe und einigen wichtigen Änderungen im Management – heilen würde.

Ich lächelte verführerisch und wendete mich an seine Schwester. „Würdest du einem Rendezvous mit dem Besitzer von sechs goldenen Eiern zustimmen?"

Ende

Autorin

Ich wuchs mit drei jüngeren Brüdern mitten in einem Wald im Herzen der Lüneburger Heide auf. Schon früh verschwand ich tagelang in magischen Abenteuern, vergangenen Zeiten oder unheimlichen Märchenwäldern, denn auch junge Wilde lernen irgendwann Lesen.

Und es blieb nicht beim Lesen. Während einer Lehre zur Landschaftsgärtnerin schrieb ich meinen ersten Roman. Ich schreibe Fantasy und historisches für alle Altersgruppen.

Zurzeit lebe ich mit meinem Mann, drei Kindern und einem Hund in einem Häuschen nicht weit von Hildesheim und schreibe an meinem nächsten Roman.

Doch wie alle Menschen bin ich mehr als die Summe meiner Teile. Ich bin ein/eine:

- ewige Optimistin mit schwarzen Momenten,
- Hausfrau mit Hang zum Chaos,
- Organisationstalent mit müden Stunden,
- Dosenöffnerin für einen Gebrauchthund,
- Gärtnerin einer Wildnis,
- sowie überqualifizierte Forstwissenschaftlerin.

Ich liebe das Leben, die Natur (inkl. Menschen) und besonders Bücher, aber am wichtigsten sind mir meine Fantasie und meine Familie. Außerdem bin ich das älteste Kind zweier Universal-Genies. Das „Universal" habe ich geerbt (sieht man auch an meinen Büchern), beim „Genie" bin ich mir nicht so sicher.

https://de.katharinagerlach.com

Künstlerin

Alesia Zhuli ist eine talentierte freischaffende Künstlerin und Designerin aus Tirana, Albanien. Sie studierte an der Polis Universität und hat sich seit 2019 in der kreativen Szene einen Namen gemacht. Alesias künstlerische Reise entwickelte sich über Illustrationen, Graphic Novels, Konzeptkunst und Figurenstudien. Mit ihren Arbeiten gewann sie 2022 den Hauptpreis des ‚Albanian Graphic Novels‘ Wettbewerbs.

Neben ihrer Kunst begeistert sich Alesia für Literatur und Schreiben. Sie kombiniert ihre Liebe zu erzählten Geschichten mit ihren künstlerischen Ambitionen, wodurch ihr Graphic Novel ‚Lightbringer‘ entstand. Er kann online gelesen werden. Wenn sie nicht schreibt oder zeichnet, genießt Alesia ihre Freizeit in der Gesellschaft ihrer Katzen und malt Zauberwelten, die uns in ferne Gegenden transportieren.

Die Familie in Aufruhr. Die beste Freundin in Gefahr. Wird die Freiheit die Träume einer leibeigenen Bauerntochter zerstören?

Norddeutschland, 1799. Der Alltag der hart arbeitenden fünfzehnjährigen Leibeigenen Engel Waldmann auf dem Bauernhof ihrer Eltern enthält wenig Abwechslung. Zufrieden mit dem von der Arbeit bestimmten Rhythmus, pflegt sie ihre nicht standesgemäße Freundschaft zur Tochter eines Heuermanns.

Als der Graf, der sie und ihre Familie besitzt, seine Zusage zum Freikauf zurückzieht und sie an einen lokalen Bauern verkauft, verklagt ihr Vater den Adeligen. Engels Welt zerbricht, als der Ruf ihrer Familie vor Gericht verteidigt werden muss. Dabei kann sie nicht einmal mit ihrer besten Freundin reden, denn diese ist gezwungen, auf einem Hof im Dorf zu arbeiten, um die Schulden ihres alkoholsüchtigen Vaters abzulösen. Dort ist sie den Übergriffen ihres neuen Herrn ausgeliefert.

Wird der Kampf um die Freiheit Engel alles kosten, was sie liebt?

Engels Freiheit ist der erste Band der fesselnden Waldmann Familien Saga, geeignet für Freunde gut recherchierter, auf Tatsachen basierenden Geschichten.

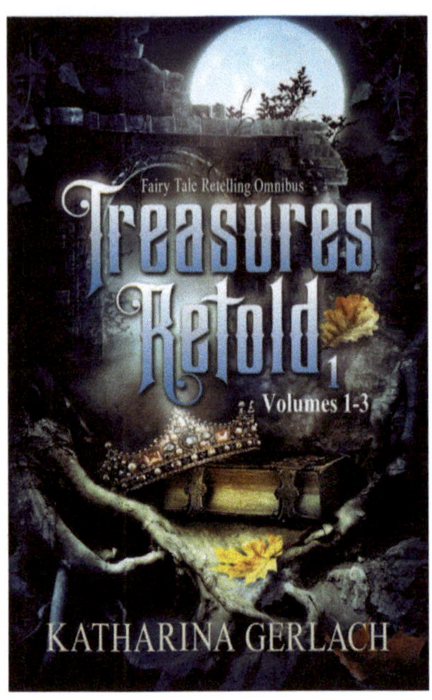

Magie gegen Technik ... was wird gewinnen?

Es war einmal Magie. Aber selbst in Märchen steht die Zeit nicht still. Von mechanischen Geräten bis zu Dampfmaschinen, neue Erfindungen ringen mit alten Mächten.

In den Königreichen versuchen die Menschen, sich anzupassen, doch das ist nicht leicht. Wird Magie sie retten? Oder Technologie? Oder werden beide nur noch größere Probleme schaffen? Finde heraus, wie die Figuren deines Lieblingsmärchens in einer Welt überleben, in der Technik die Magie verdrängt.

Jeder Sammelband enthält alle Adaptionen mit ihren Bonusgeschichten und die Originalmärchen von jeweils drei Bänden der Serie, sowie eine weitere Bonusgeschichte und deren Original.

Retold Tales

Rose Red and Snow White	The Wild Swans
Little Brother, Little Sister	The Cold Heart
The Beauty and the Beast	Cinderella
The Hut in the Forrest	Puss in Boots
Hänsel and Gretl	The Devil with the Three Golden Hairs
Sleeping Beauty	The Sisters with the Glass Hearts

More Stories
Weitere Geschichten

The Fires in my Soul (101 Short Stories)

Treasures Retold (a dozen Fairy Tale Retellings)
Schätze neu erzählt (12 Märchenadaptionen)

Juma's Rain (YA Romantasy)
Regen für Juma (Romantasy Jugendbuch)

Swordplay (Crime-Fantasy à la CSI)
Waffenruhe (Fantasy Krimi)

Urchin King (Medieval Adventure plus Magic)
Schattenprinz (Abenteuer mit Magie)

Chasing the Grim(m) Reaper (Non-linear Crime Fairy Tale)
Jagd auf den Grim(m)schen Schnitter (RPG)

Beast Hunter (Children's Spooky Story)
Monsterjäger (Kindergrusel)

Angel's Freedom (Historical Novel)
Engels Freiheit (historischer Roman)

Victor's Rage (Historical Novel)
Victors Wut (historischer Roman)